建筑家猫

A Cat of Architect

〔日〕森博嗣 著
MORI Hiroshi

〔日〕佐久间真人 绘
SAKUMA Makoto

田秀娟 译

南海出版公司

这只猫是建筑家。
无论他重生多少次，每次都会转生为建筑家。

因此，
他总在考虑“形”这件事。
而且，
他还常想到“共生”这个问题。

他的一天，从向外眺望开始。

甚至在梦中，他也在考虑建造什么、如何建造。
一睁开眼睛，他就迫不及待地想去寻找合适的土地。

Makoto.

不过，他可不是盲目地到处转。

猫知道，“思考”非常重要。

什么样的“形”可以被建造出来?
什么样的“功能”可以被创造出来?

猫凝视着远方，静静地思考。
他眯着眼睛，弓着背，思考着。

猫知道，“观察”也非常重要。

我们周围的世界是如何形成现在的“形”的？
这些“形”实现了怎样的“功能”？

“这是什么？”
“它为什么存在于那个地方？”

猫对这一切都充满了兴趣。
除此之外，猫一概没有兴趣。

没有理由就建造出来的“形”，没有功能却存在的东西，这世界上大概没有。

可是，
已经不再是建造时的“形”，已经失去了创造时的功能的东西，
这世界上有不少。

留在这世界上的很多东西，已经不能再动了，“形”也渐渐被破坏。

“可是，它为什么留在这个世界上呢？”
“它为什么没有立刻消失呢？”

思考这些问题时，猫总是会想到一个理由——美。

“对，我听说过这个字。”

可是，谁也不明白这个字的意思。

建筑家们聚在一起，召开学术会议。

会上，大家反复讨论“美”这个话题。

“美真的存在吗？”
“美真的有价值吗？”
“如果美没有价值，那我们就没必要讨论它。”

谁也说不清“美”的意义。

谁也没有
见过“美”，
摸过“美”，
舔过“美”。

“世界上真的有这种东西吗？”

这个问题不能一直讨论下去。

每个人都有自己的工作。

“那家伙，净说些没用的漂亮话。”
“他还太嫩，转生的次数太少。”
“睡觉前，我还得工作呢。”
“祝你好运。”

可是，那只猫想，
不能对周围的世界视而不见。

到底为什么，世界上有那么多相同的“形”？

直线和平行线。
四边形和圆形。

它们的意义是什么?

也许，
“美”就藏在某个地方。

我们周围的世界?

世界由“我们”和“我们以外的东西”构成。

我们是猫，
我们以外的东西是自然。

比如“夜晚”不是猫。

他有一个疑问。

自然，有内外之分。

比如，夜晚既会来到里面，也会在外面。
里面的夜晚很暖和，不会下雨。
外面有时冷，有时热，有时下雨，有时刮风。

既然自然有内外之分，那猫也有内外之分吧?

猫想创造的“形”，有内外之分吗?

有内外之分的事物，一般是不会动的。
但猫会动。
原来，有内外之分的事物，也有会动的。

自己创造的“形”属于哪一种呢?

总之，世界有内外之分。

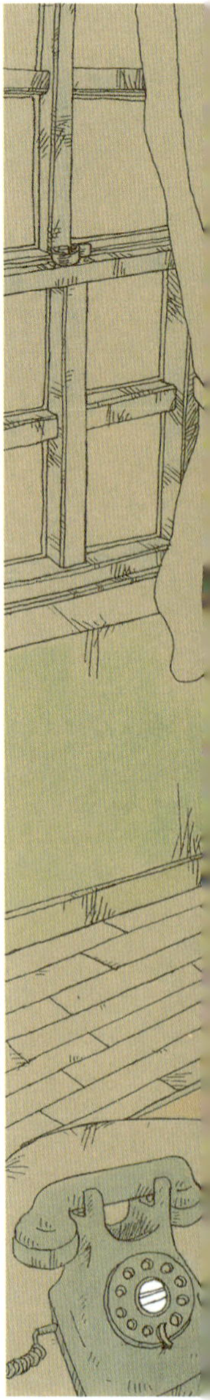

可是，
不能动的东西，和能动的东西，为什么会存在呢？

能动的东西的“价值”是什么？
因为能动，它们得到了什么？

工作的猫会动，睡觉的猫不动。
他们分别有不同的作用吧。

“动”有很多不同的种类。
猫以外的东西，
是不是同样也会走来走去呢？

能动的东西中，有的里面很难看清楚。
它们变化的方式非常含蓄。

那种谦虚的劲头，让猫十分羡慕。

但是，它们并不是为了被谁羡慕而存在的。
猫试着碰了碰，却没有找到“美”的意义。

5

“看来进去有些困难。”
“只是看上去而已。”
“也许有一天我们能进去吧。”
“就算进去了，里面也许没有你想的那么好吧。”

“山上有个看起来很容易进去的东西。去看看。”

猫想，太多东西已经失去了原有的功能。
如果不是因为“美”的缘故，这些东西早就应该消失了吧。

所以，“美”一定存在，
只是藏在某个地方罢了。

就这样静静地存在着，永远存在着。
这难道不是恰好证明了“美”是存在的吗？

正因为各种物体的存在，
所以猫才遇到了和周围明显不同的“形”。

猫希望，自己创造出来的东西，也是能流传下去的“形”。

希望重生的时候，这些“形”能够保持不变。

猫无比期待这种“孤独的延续”。

Makoto.

“哦，这样啊。”

果然，外面和里面的界线很模糊。

它们与周围融为一体。

尽管如此，
它的“形”仍旧是和周围不同的、独特的存在。
它的存在非常醒目，
仿佛在诉说着孤独。

真是令人怀念的“形”啊，猫想。

是什么时候呢?
是以前某次重生的时候?

这里，就是自己出生的地方。
就在这个“形”的下面。

虽然外面和里面的界线很模糊，但小时候的猫还进不到里面。
当然，他认为那个“形”是静止不动的。

那下面成了一个简陋的住处。
虽然不能遮风，但能挡雨。

猫是在这里长大的。

遇见这个可以动的“形”时，猫有些吃惊。
这些相似的“形”，引起我们建筑家的格外注意。

这个世界上，有很多“形”相同的东西。
这并不是因为大家都喜欢相同的“形”，
而是因为自然在不断重复相同的东西。
毫无理由地重复着。

猫不喜欢这样的重复，每只猫之间也都有细微的差别。
“形”每时每刻都在变化，绝不会有完全相同的“形”。

从这种意义上说，
有些动的东西，却保持着不变的“形”，这真是有趣的现象。

在“形”的不断重复中，“形”被创造出来。
在这个过程中，能动的东西也在不断重复着“动”。

既存在有规律的东西，也存在没有规律的东西。
这是为什么呢?

白天和黑夜有规律地到来。
可是，风和雨的到来却没有规律。

由四边形和圆形构成的自然中，许多东西都有规律的运动。
但有规律运动的东西，并不都是四边形和圆形。

想到这里，
猫似乎找到了理解“美”的线索。

静止的东西，并不能永远静止不动。
有时候，不知不觉中，“形”就突然发生了改变。
位置也会移动。

以前没有的东西，现在有了。
以前有的东西，现在没有了。

为什么消失，又为什么出现，猫不明白。
猫想，肯定有某种理由。

就像“美”是有理由的，这样的变化肯定也有理由。

置身于这样的自然中，猫感到了自身存在的渺小。
随着每次重生，猫的这种感觉越来越强烈。

猫想，对建筑家来说，这是非常重要的感觉。

因为，创造不是直面未来，
而是学会忘记。

我们所要忘记的“形”，就是“美”吗?

眺望“形”，心情会越来越平静。
这就是我们创造出的“形”的“功能”吧。

我们必须坦然接受超群的自然的伟大。

它们的时间，和我们的时间有何不同呢？
我努力地思考，哪怕我只能找到一个小小的理由。

没有缘由却存在于世上的东西，说不定真的存在呢？

也许，那就是“美”。

也许有。

也许在某个瞬间有。

“没错！也许有。”

我要再去那里看看。

L

“你发现它了吗？”

“你是谁？你在那儿干什么？”

“什么也不干，我在感受美。”

“美？那儿有美？”

“看，大地一片洁白。”

“真是个奇怪的家伙。”

不过，和自己好像啊，猫想。
这还是第一次遇到和自己相像的伙伴。

第二天，地面已不再是一片白色。
一切都恢复了原来的模样。

今天我要调查各种“形”，猫想。
思考想要创造的“形”和“美”。

这个为什么是这样的“形”？
它有什么样的“功能”？

为什么“猫”以外的东西会被创造出来?

“美”是“形”，还是“功能”？
还是“猫”？

无穷的魅力。

偶尔，猫还会有一些新奇的发现。

原来，自然也在慢慢变化。

逐渐发生变化。

也许，这就是“动”吧。
也许，自然也在探索“美”吧。

就像平时一样，夜晚依旧规律地到来。

有的东西，“形”没变，却在不断变化。
有的东西，看不到变化，“形”却在改变。

循环往复，相互匹配，
自然包围了猫。

这是可以确定的。
想到至少可以确定这一点，猫很开心。

每天，他都在思考“美”的缘由。

以及我们的建筑家，应该创造什么样的“形”？

索引

岔道口

电气机车

铁路的终点，猫的起点

猫和铁

住处

旅行的开始

车站

大街

休息日

休息日夜景

预感

寂静的冬日

猫的痕迹

荧光灯路灯

下雪天

白炽灯路灯

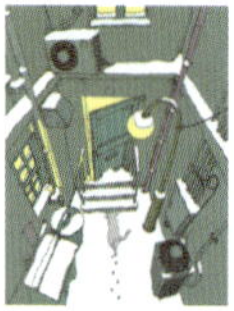
回家的路

猫看到了老鼠

猫的地图

通信

大街的夜景

窗户对面

建筑家猫

森博嗣

1957 年出生于日本爱知县。

1996 年,《全部成为 F》获第一届梅菲斯特奖，以推理小说家的身份出道。之后，不断发表新的作品，迅速成为人气推理作家。作品有《黑猫的三角》《四季》《ϕ 坏了》《不在 × 不在》《空中杀手》《ZOKU》等。近作有《自我探寻和乐趣》《虚无的形》《科学的意义》《独语集》等。

佐久间真人

1973 年出生于日本爱知县。

1993 年前后开始创作。1998 年开始在银座画廊定期举办个人美术展。曾担任森博嗣的《ZOKU》、鲸统一郎的《不努力当作家的方法》、门井庆喜的《寻找的书》、伊安 · 萨姆的《藏书整体消失事件》、安索罗斯的《虾蟆仓市事件》,以及杂志《青春和读书》(2007~2008)等的装帧设计。曾为多部小说、杂志绘制插图。

图书在版编目(CIP)数据

建筑家猫 / (日) 森博嗣著 ; (日) 佐久间真人绘 ; 田秀娟译. -- 海口 : 南海出版公司, 2019.9
ISBN 978-7-5442-9625-0

Ⅰ. ①建… Ⅱ. ①森… ②佐… ③田… Ⅲ. ①随笔-作品集-日本-现代 Ⅳ. ①I313.65

中国版本图书馆CIP数据核字(2019)第096605号

著作权合同登记号 图字: 30-2019-086

建筑家猫

〔日〕森博嗣 著
〔日〕佐久间真人 绘
田秀娟 译

出　　版　南海出版公司　(0898)66568511
　　　　　海口市海秀中路51号星华大厦五楼　邮编 570206
发　　行　新经典发行有限公司
　　　　　电话(010)68423599　邮箱 editor@readinglife.com
经　　销　新华书店

责任编辑　翟明明
特邀编辑　马文富　烨　伊
装帧设计　续　超
内文制作　杨兴艳

印　　刷　北京尚唐印刷包装有限公司
开　　本　787毫米×1092毫米　1/24
印　　张　3
字　　数　23千
版　　次　2019年9月第1版
印　　次　2019年9月第1次印刷
书　　号　ISBN 978-7-5442-9625-0
定　　价　59.50元